绿茵少年小说系列 ①

[英]汤姆·帕尔默 著

马阳阳 译

XIAOGEZI BIANFENG DE NIXI

小个子边锋的逆袭

GUANGXI NORMAL UNIVERSITY PRESS

广西师范大学出版社

·桂林·

出版统筹：施东毅
选题策划：耿　磊
责任编辑：廖幸玲
助理编辑：陈显英　王芝楠
美术编辑：卜翠红
版权联络：郭晓晨
营销编辑：杜文心
责任技编：李春林

著作权合同登记号桂图登字：20-2015-261 号

图书在版编目（CIP）数据

小个子边锋的逆袭 /（英）汤姆·帕尔默著；马阳阳
译. —桂林：广西师范大学出版社，2018.3
（"足球学院"绿茵少年小说系列；1）
书名原文：Boys United
ISBN 978-7-5598-0391-7

Ⅰ．①小… Ⅱ．①汤…②马… Ⅲ．①儿童小说－
中篇小说－英国－现代 Ⅳ．①I561.84

中国版本图书馆 CIP 数据核字（2017）第 246722 号

广西师范大学出版社出版发行
（广西桂林市五里店路 9 号　邮政编码：541004
网址：http://www.bbtpress.com ）
出版人：张艺兵
全国新华书店经销
北京盛通印刷股份有限公司印刷
（北京经济技术开发区经海三路 18 号　邮政编码：100176）
开本：880 mm × 1 240 mm　1/32
印张：4.5　　　字数：65 千字
2018 年 3 月第 1 版　　2018 年 3 月第 1 次印刷
印数：0 001~6 000 册　　定价：22.00 元

如发现印装质量问题，影响阅读，请与印刷厂联系调换。

目 录 CONTENTS

杰克

　　杰克·奥德菲尔德刚学会走路的时候，就开始踢球了。从记事起，他一直梦想成为一名职业足球运动员。这倒不是因为踢球可以赚大钱，成为像史蒂文·杰拉德和韦恩·鲁尼那样著名的球星。不，绝不是那样，他想当足球运动员只是因为他热爱足球。

　　如果踢球能成为自己的职业，那该多好呀！

　　他可不想像妈妈一样，每天早上去办公室做无聊的工作，也不想跟爸爸一样去工厂上班。他们整天都待在屋子里，而杰克却只向往那片绿茵场，他渴望去飞奔，去断球，去射门得分。

　　杰克在中场拿到球后，抬头看了一眼。

　　前方没有本村队友的身影，左右两侧也没有，只看

到对方三名防守球员立在前方，他们身后就是守门员和球门了。

看来，要拿下这场比赛，杰克义不容辞。

第一名后卫冲了过来，杰克等他靠近后，立刻把球向前踢了出去，同时加速越过了他。

带球过了一人，前面还有两人。

第二名后卫全速冲了过来，跑得虎虎生风。杰克一个侧步虚晃，后卫被闪了一下，一屁股坐进了泥水坑里。

带球过了两人，还剩最后一人。

第三名后卫稳稳地站在场上，静待时机。

在这场比赛中，杰克曾经几次试图带球突破这个后卫的防守，可他的动作实在太快了，不管杰克左脚带球还是右脚带球，球都被他断掉了。

这次……杰克打算挑高球过人。

这招让这名后卫手足无措，站在原地愣了一秒。

对杰克来说，这短短的一秒就已经足够了。球还在空中飞行时，他快速越过最后一名后卫，来到了罚球区。等球下落时，杰克一脚大力射门，球朝着球门的左上角飞去。

守门员一个鱼跃扑了出去，可无济于事，球在他落地之前就已钻进了球网。而杰克此时早已转身跑开，去为这制胜一球庆祝欢呼了。

比赛结束后，球队教练走了过来。

"杰克，刚才你为我们队打入一记漂亮的进球。"

"谢谢您，纽布鲁克教练。"杰克说。

"可惜，这可能是你在这里的最后一粒进球了。"教练说。

杰克低下了头，不知如何回答。

"这周有场曼联的选拔赛，是吧？"纽布鲁克教练说。

"是的，还有两天。"杰克说，"很抱歉。"这场比赛让他日思夜想好多天了。

纽布鲁克教练笑了笑说："不用抱歉，杰克。我们都为你高兴。要是你真被曼联选中，那可是我们村里的大喜事。想想看，只有两个人能入选职业足球俱乐部，更别说是英超豪门了。而你，就是那二分之一。"

杰克望了一眼在球场边上集合的队友们。他要是真的进了曼联，就只能为曼联出战，再也不能为这支球队效力了。他心里很难过。可一想到能成为曼联的球员，他又高兴起来。

"这几天多跟你爸练练球，杰克。"纽布鲁克教练叮嘱道，"保持好状态。"

杰克朝爸爸看了一眼，站在场边的爸爸对他竖了竖大拇指。

"我会的。"杰克说着，又转过身看着纽布鲁克教练。

"杰克。"

"嗯？"

"记着，最关键的是你在球场上的表现，个头高矮并不重要。"

杰克笑了，因为纽布鲁克教练看穿了他的心思。

这次曼联的选拔赛并不是杰克参加的第一场选拔赛。

　　他之前参加过曼城的、博尔顿的，还有布莱克本的选拔赛。可每次踢完，他们只会说："你踢得非常好，只是个头太矮了，没法入选。"

　　"我会记着的，纽布鲁克教练。"杰克说，"谢谢您。"

　　"客气什么。"纽布鲁克教练说，"好好踢，让我们为你骄傲和自豪。"

小矮个儿踢不了足球

第二天，杰克的爸爸带他去了图书馆。

"咱们来这儿做什么？"杰克问爸爸，"明天就是选拔赛了，咱们不去练球吗？"

"待会儿再去。"爸爸说，"现在我们得先找几本书看看。"

杰克疑惑不解——这是要干吗？

从他记事起，爸爸就一直在训练他踢球，可不是那种随便带他踢一踢。

他教杰克有球快速跑动，无球快速跑动。

头球，全速跑，断球。

阻挡，过人。

所有的技能都要训练。

那么现在，他们站在图书馆大大的《重返学校》宣

传海报前做什么呢?

杰克明白了,爸爸想的不是踢球,而是上学的事情。三天后就是新的学年了,也不只是新学年,连学校也是新的。杰克要上中学了。

杰克也想过上中学的事儿,不过他很快就把这件事儿抛在脑后了。他更担心曼联的选拔赛,所以对新学校的兴奋劲儿这会儿还没上来。

可他明白,总归是该正视这些了——新学校啦,新课本啦。爸爸是在让他端正心态,认真对待。

"好啦。"爸爸说,"足球书在哪边?"

"在儿童区。"杰克吃惊地回答。他没料到爸爸会问这个。

他带爸爸走了过去。

"这些书都不错。"爸爸翻了十几本书后说。那些书都是教人踢球的,例如如何进攻、如何防守、如何做好守门员。"传记类的书在哪儿呢?"

"我不知道。"杰克说。

一个女人正在不远处取书，她转身看到了杰克和他爸爸。

"传记类的书在那边。"女人指了指。

"谢谢。"

爸爸扫了一眼传记书架，抽出三本书，那是足球运动员凯文·基冈、阿兰·鲍尔和大卫·巴蒂的传记。杰克听说过其中一个名字——凯文·基冈，那是爸爸多年来最钟爱的足球运动员。家里的前厅还挂着一张他的签名照片呢。

"拿这些书做什么呀，爸爸？咱们去踢球吧。"

"等一下。"爸爸说，"过来看看这几名球员。"他翻出几张图片，把他们从球队的全家福里一一指了出来。

"他们有什么共同点？"爸爸问。

"不知道。"杰克说。

"再好好看看。"爸爸说。

"看什么？"

"他们个头都不高。"

"什么？"

"他们都是矮个子球员。"爸爸说。

杰克又看了一遍图片，爸爸指出来的那三名球员确实比别的队员矮，而且矮很多。

爸爸翻到书的附录，那里列出了这些球员的比赛记录，包括他们代表俱乐部或国家队参加过的所有赛事、他们的每一次进球，还有他们赢得的每一个奖项。

"他们当中，"爸爸指着书说，"这三名球员为英格兰踢过将近两百场比赛，赢得过世界杯、英超联赛，

获得过欧洲足球先生。他们小时候都曾被人说过个子太矮踢不了球，可他们最后还是踢了球，而且踢得超级棒！"

这时，杰克总算明白爸爸为什么带他来图书馆了。

初识少年队教练

杰克很紧张。

他紧张，是因为爸爸刚才开车带他进了曼联的训练场入口，这里是名声赫赫的曼联青少年足球学院。爸爸之前一再叮嘱，紧张只是身体做出的一种备战反应，而在关键时刻，他必须全身注满能量，要不然，就拿不出卓越的表现。

杰克瞅了爸爸一眼。

爸爸冲他笑了笑。

"幸好我们的车上没有曼城的车贴。"爸爸说。

杰克也笑了。他努力不去想一个事实——自己其实是曼城的球迷，而现在，他进了宿敌曼联的地盘。

他们沿着一条又窄又长的小路开往足球训练场，不，他们不是开往足球训练场，更像是开往一座庄严肃穆的

殿堂。小路一边种了一排高大的树木，每棵树的间距几乎一模一样。路的另一边是个宽阔的花园，一直绵延到小山上。

这里跟杰克想象的完全不同。他还以为这里会充满现代气息，到处是玻璃和钢铁搭建而成的建筑，就跟他老旧的母校里新盖的大楼一样。足球学院的院所设在几栋老建筑中。不过，建筑虽老，却也是一批又一批大牌球星住过的地方。学院的更衣室大概是原先的马厩改造的，球场也只是那片土地的一部分。

透过树丛仔细观察，能看到一栋老房子。那房子足足有一个足球场那么大，房顶上立着几十根烟囱。

杰克看到，有几个球场是草皮的，还有几个是全天候的人工球场。他看到有球员在训练。英格兰国家队现役球员中有六名自八岁学踢球时起就一直在这里练球。杰克甚至有可能在这儿碰到他们，因为现在这里依旧是他们训练的地方。

半个小时后，杰克跟另外十五个男生耐心地站在球场边。一切准备就绪，只待选拔赛开场。

他们中有几个穿着曼联的球衣，其他的都只穿着普通的上衣。

"好啦，小伙子们！"这场比赛的主持人说，"我叫史蒂夫·库珀，是曼联 U12 少年队的教练。你们可以叫我史蒂夫。我们开始吧！"

库珀教练身体强壮，中等个头，一头凌乱的黑发，声音深沉而浑厚。杰克觉得他长得很像战争片里干脆利落地下达命令的首长。

"我们先做一组练习。"库珀教练说,"主要是看看你们的速度和技巧,考察考察你们的特点。之后我们会踢一场八人制比赛。练习加比赛,总共两个小时,好吗?"

所有男生都点了点头。

杰克朝球场对面看去,他和同伴们的父母在那里站成一排,大概二十到二十五个人的样子。他看见爸爸正看着他,满面春风。阳光穿透一片云朵照射下来,整个足球学院瞬间变得温暖而明彻。

尤尼斯

他们在球场上做了两圈热身练习：前进跑，后退跑，侧方位跑。之后，选拔赛进入冲刺跑环节，杰克跑得最快，一个亚裔男孩紧随其后位居第二。

杰克看到教练在夹板上记录着什么。这时那个亚裔男孩走了过来。他肩宽个高，留着一头短短的黑发。

"你跑得真快。"他对杰克说。

"你也很快。"杰克说。

"谢谢！我叫尤尼斯。"

"我叫杰克。"

"真开心，我们两个最先跑完。"尤尼斯说，"我现在感觉很好。"

"我也是。"杰克说，他又看了教练一眼，"也让你更有信心了，对吧？毕竟，这是一个好的开始。"

"是呀！"尤尼斯说，"你踢哪个位置？不会是前锋吧？"

"不是，我踢左路，你呢？"

"前锋。"

"挺好。"杰克笑着说。这可太好了，他们不用为踢同一个位置而竞争。

尤尼斯朝父母阵营看过去，大人们站在距离边线五米的地方，一律不许越线。

"你爸爸在哪儿？"尤尼斯问。

"嗯。最边上，穿灰色外套的那个就是。"杰克说，"你爸爸呢？"

"他没来。"

"他来不了吗？"杰克问。

"他来得了，"尤尼斯说，"可他不想来。他觉得踢球就是浪费时间。"

杰克耸了耸肩，这个动作把尤尼斯给逗乐了。

"可不是嘛！"尤尼斯说，"说得好像踢球真的浪费时间似的！"

接下来的一个小时里，这些男孩按要求带球绕桩、互相一脚传球、处理死球、掷界外球、抢断。

到了这一步，杰克已经有了信心。可他知道，只有比赛开始之后，他才有机会大放异彩。只有在比赛中，他才能带球奔跑、传球、射门。那才是他的最爱。

八人足球赛中，杰克被安排踢左前卫，这是他最爱踢的位置。他面对的是一名高大的右后卫。杰克第一次招呼传球就接到了球，他带球冲到球场边缘，想从外围突破那名右后卫，可后卫把他盯得死死的，并且撞了他一下，球飞了出去。

肩部冲撞！

杰克慢慢站起身，朝库珀教练瞥了一眼，看到他又写了几笔。

他在记录谁的表现？写了什么？

杰克又拿到了球，他再次努力绕开那名大个子后卫，却又被结结实实地断了球，球又丢了。

他看了看教练，又看了看爸爸。杰克觉得对方后卫

犯规了，可他很清楚，他不能追究什么。如果教练认为不算犯规，那就不是犯规。

　　杰克知道，库珀教练肯定在想：那个孩子轻而易举就被断了球，个头儿实在是太矮小了。

杰克的心猛地一沉。

果然，又来一次。

一切都开始不太对劲儿了。

进球！

杰克望了爸爸一眼。他要想扭转选拔赛的局势，得来些援助才行。眼下，他的自信正在消退，而且退得很厉害。

爸爸用手掌直直地挡在两眼边缘，那姿势就像给马匹戴上眼罩一样。杰克立刻会意了——爸爸是让他全神贯注，忘掉手拿写字板的教练，放松自在地踢球。

爸爸昨天在图书馆说什么来着？那三名矮个子足球运动员。

他们都曾为英格兰效力，帮英格兰赢得好几届冠军。他们也曾被人说过个头太矮不能踢球，可是他们确确实实成功了。

想起爸爸对他说过的话，杰克的心态好转了些。

等再拿到球时，杰克迅速传给了尤尼斯，然后飞快

地从那名大个子后卫身边插上。大个子后卫试图阻拦，杰克轻巧地跑开了。

尤尼斯把球传回杰克脚下，一时间，杰克四下竟无人盯防。

可他并不着急。他知道，自己已经让对方的大个子后卫大乱阵脚了，所以不必着急。他带球继续朝球门跑去，做了一个罗纳尔多式的踩单车动作，过了下一名防守球员，然后把球回敲到尤尼斯脚下，这时尤尼斯已身处禁区了。

尤尼斯右脚打门！

1-0！

杰克听到身后的教练鼓起了掌，可他没有回头看，只是跑回本方半场，准备再次发起攻势。

"刚才太棒了，杰克！"尤尼斯说，"谢啦！"

"客气什么！"杰克笑着说，"进球很漂亮呀！从现在开始，只要我一突破，就设法早点传中，你在禁区里接球，好吧？"

"正合我意！谢啦，杰克！"尤尼斯咧嘴笑着说。

之后，比赛进行得很顺利。

反正，那名大个子后卫现在接近不了杰克了。尤尼斯真是个完美的前锋，总能在恰当的时机出现在恰当的位置。

　　杰克和尤尼斯又互相配合打入了三粒进球，都是从左路传中射门的。

　　选拔赛还剩最后一分钟，杰克决定让大家看到，他自己也能射门得分。这次，他没有把球传给尤尼斯，而是佯装传球，把两名后卫骗去防守前锋，守门员被迫出击，他轻巧一挑，球越过守门员头顶飞入网窝。

球进了！漂亮！

杰克听到爸爸响亮的声音："好球！"他远远望去，冲爸爸笑了笑。

这时，他注意到爸爸旁边站着一个身穿长大衣的人也在鼓掌。那个人看上去很眼熟，可杰克想不起在哪儿见过他。

"大概是另一个男生的爸爸吧。"杰克想，可能是以前踢球的时候见过。

"那个穿大衣的人是谁呀？"杰克问缓步从身边跑过的尤尼斯。

"你不知道吗？"尤尼斯吃惊地反问道。

杰克还没来得及回答，库珀教练吹响了终场哨音，比赛结束了。

"好啦，孩子们！"库珀教练说，"你们表现都很好。不过你们也知道，我们只能选两名球员——也有可能选三名——参加下个赛季的比赛。现在，去换下球衣吧。我们会做出选择，然后单独跟你们说。"

十六个男生朝更衣室走去，他们心里知道，他们中间，有两三个人的命运从此就要改变了。

他们觉得没戏了

选拔赛结束了，杰克低头坐着，他想放松一下。他的目光从球包上移开，发现尤尼斯正站在他面前。

"我还以为你已经走了。"杰克说。

尤尼斯摇了摇头，没有说话。

尤尼斯上身穿了件足球外套，下身穿着黑裤子，看起来精干利落，在其他身穿耐克、阿迪、奔趣的男生中间，有点鹤立鸡群的样子。

"我想跟你说声谢谢。"尤尼斯还是开口了，他的声音有点颤抖。"谢谢你传球给我。"

"没什么。"杰克说，"你也帮了我呀。"

"不过，听着……我刚才出去了……"尤尼斯顿了顿说。

"你还好吗？"杰克问。

　　尤尼斯弯腰对杰克轻声说："他们让我签在校生合同呢。"

　　杰克站了起来——尤尼斯现在已经是一名曼联的球员了，应该会加入 U12 少年队，不管怎样，总归是曼联的球员。

　　"太棒了！"杰克说，"我真替你高兴。"

　　"多亏了你。我欠你一个人情。"尤尼斯伸出了手。

　　杰克一边跟他握手，一边说："别客气。"

　　"我得走了。"尤尼斯说着看了看手表，"我爸爸在等我呢。"

　　"他最终还是来了吗？这可太好了。"

　　"没有，他没在这儿。他在停车道那儿，算着时间来的。"

　　"可他应该也会高兴吧，毕竟，你入选了。"

　　"才不会呢，他会很失望。是我妈妈说服他允许我来的，条件是我的功课不能落下，算是交换吧。"

　　杰克不知道该说什么，他为尤尼斯感到有些遗憾，因为接下来很可能没人跟他一起分享这个光荣的时刻。

　　"我得走了。"尤尼斯说，"希望你也能入选。我敢

说，你肯定会入选的。再见！"

"再见。"杰克说。

他目送着尤尼斯离开，也很欣慰无论能不能入选，爸爸都会陪着自己。

尤尼斯刚出门，就有人一下子冲进了更衣室。那个人满脸通红，身穿一条运动短裤，其中一个裤腿上还印着英格兰的队标。

"威尔！威尔！你入选啦！"他大声喊着。

他从杰克身边跑过，径直冲向了自己的儿子，然后一把将他抱了起来。那个一头金色短发的小男孩一脸难堪。他爸爸欢呼着、吼叫着，像是进了球一样。不过，只有他一个人在欢呼，其他人都安安静静的。

"我早说了你肯定行的！要去签合同了。你是曼联的球员啦！"

那位爸爸盯着其他的男生，冲他们咧嘴一笑，领着儿子出了更衣室。

更衣室里剩下的男生们面面相觑了几秒钟，都低下了头。他们知道，没戏了。等他们一迈出更衣室，家长

们——不管是爸爸还是妈妈——就会告诉自己落选了。

一个男生一脚把球包踢到了更衣室的另一边。

杰克闭上双眼，有点想哭。

这次选拔赛，他失败了。又失败了。

那位鼎鼎大名的法国人

过了一会儿，库珀教练走进了更衣室。孩子们差不多都换好了衣服，只是背包和衣物散落一地。那位大叫的爸爸来过之后，没人再说过一句话。

"好啦。"库珀教练说，"我来只是通知你们，我们已经跟入选的球员家长说了。想必入选的小伙子们也都知道了。"

库珀教练在更衣室里环视了一圈。杰克想，威尔和尤尼斯都已经不在这儿了。他想跟教练对上眼神，好跟他说声谢谢。可是库珀教练根本没看到他。

"我们已经挑选出了需要的球员。"库珀教练顿了顿，"很抱歉，你们几个这次没有入选。等出去后，我们会给出一些反馈，说明一下没选你们的理由和你们可以提高的地方，下次再加把劲儿，好吗？"

其中几个男生点了点头。杰克抬头看着教练，可教练仍旧没有注意到他。

杰克有些麻木，好像有没有入选都无所谓一样。

出了更衣室的门，外面还挺冷的。太阳被乌云遮住了，训练场上雾蒙蒙一片。杰克的眼神掠过那群男生和家长，寻找自己爸爸的身影，却没找到。不过，他看到了另外一个人，他的出现让杰克难以置信。

那是曼联的主教练，曼联一队的主教练啊！那位永

远都在跟《今日赛事》节目的记者吵架的鼎鼎大名的法国人！就是杰克在选拔赛时看到的那个穿大衣的人！当时距离太远，他竟没有认出来。

之前杰克还从来没有见过他本人。所以他一时之间只是怔怔地盯着看，直到发觉主教练和库珀教练也在盯着他，冲他微笑。他们正跟杰克的爸爸站在一起呢！

杰克的爸爸冲他打了个手势，可杰克仍旧站着不动，像是粘在了地上一样。于是，爸爸转身与曼联一队的主教练用力地握了握手，然后朝杰克走过来。

直到爸爸走近了，杰克才发现，爸爸眼里噙满了泪水。

一开始，爸爸什么也没说，最后他清了清喉咙说："他们想要你。"

"什么？"

"他们想要你。"爸爸重复说，"想让你签在校生合同。"

"什么？"杰克还是没明白，他以为爸爸在说别人，"你是说，尤尼斯吗？"

"我还没答应。"爸爸说，"这得由你自己决定。我

们可以考虑一下，跟你妈妈商量商量。"

"他们想要我？"杰克说。

"对，是你，杰克。"

杰克一下子回过神来，他望了一眼曼联的主教练，那位法国人也看了他一眼，像是在询问他。

"跟他说我愿意加入！"杰克说，"跟他说我愿意！"

新学校

杰克以为他会在中学里见到一些熟人。

应该有十个他小学母校的同学在这里跟他一起上学，可他一个都没见到。哪怕只有一张熟悉的面孔，也能让他稍稍心安。

在几个运动场之间，有一条长长的小路通往学校主楼。他穿过运动场，看着一群大孩子正踢着足球跑来跑去。他没想到，新学校的运动场这么宽阔。等到了学校里面，他发现学校也很大，得查一下学校之前发的地图才知道往哪儿走。

（入口十一）

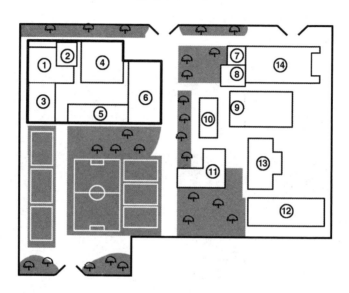

杰克看得一头雾水，恨不得转身回家。

他心想，得先问问路才行。附近没有老师，只有两个高年级的学生，一个男生，一个女生，他们正站在一个入口处，像是专门在那儿为新入校的七年级学生提供帮助的。

"你还好吧？"那个男生看杰克一直在他身边晃悠，就问了一句。那个男生至少得十五年级了。

杰克清了清喉咙说："请问你知道十一入口在哪儿

吗？"他一张嘴嗓音就变得尖尖的。

那个女生微笑地看着他。

"就在那儿。"她说，"直走，第一个入口。别担心，这所学校很不错，就是有点大而已。要是还需要帮忙，尽管过来找我们。我叫谢莉，他叫大卫。我们是十一年级的。"

杰克笑着说了声"谢谢"，就去那栋楼里找他的教室了。

"好了，同学们。请安静一下。"

老师站在全体学生的前面，她中等个头，一头棕色长发，看起来比大部分老师都年轻。杰克一下子就喜欢上了她，因为她的笑容温和亲切。

"我是温老师，欢迎你们入校。我们第一节课先来互相认识一下。你们先跟邻座的同学说说话，多了解一下对方，然后跟全班同学介绍一下你们的同桌，好吗？"

温老师在黑板上写了一串问题，让大家了解同桌时好有个参考。

杰克开始问他的同桌问题了。

他叫尤安。

他暑假去海边的奶奶家待了几天。

他喜欢海钓。

他最喜欢的一本书是杰瑞米·斯特朗写的，可是没记住那本书的书名。

他是曼联的球迷。

两个男孩开始聊起了足球。杰克跟尤安说，他是曼城的球迷。尤安皱了皱眉头，毕竟曼联和曼城的球迷水火不相容。于是，杰克跟尤安说了选拔赛的事儿。

　　还有他被选中加入了曼联。他本来不想说这个的，可又想让尤安对他有好感。

　　"好啦！有没有人想先介绍？"温老师问。同学们已经讨论了十分钟，她的话让教室里恢复了安静。

　　尤安一下举起了手。

　　"这是杰克，他在曼联踢球！"

　　从那以后，杰克的学校生活顺风顺水。

　　他有了朋友。

　　有好多人想跟他做同桌。

　　他是七楼那个跟曼联签了约的男孩！

邋遢鬼

接下来的这几天是杰克最美妙的时光。

他很开心，真的很开心。每次碰到人，问他球练得怎么样，他都会竹筒倒豆子一般告诉对方。

"我入选了曼联的足球学院。"他总这么回答。

"什么？曼联！"

"是呀。"

"你怎么没跟大伙儿说呀？"他们会这么问。

"我不想让大家觉得我爱炫耀。"杰克会这样说。

可他每告诉一个人，心里的激动就增加一分。

杰克的爷爷奶奶甚至还给他办了一场派对，他们家十里八乡的亲戚都赶来庆祝，就像是另外过了一次生日一样。

最棒的时刻要属妈妈递给他礼物盒的时候啦！那是

全家人送给他的礼物——一双耐克 T90 足球鞋，他梦寐以求的鞋。

可等到接下来的周一，杰克在曼联的第一堂训练课到来时，他的欣喜若狂变成了忐忑不安。

他尽可能快地从学校回到了家，收拾好包。

球鞋。

毛巾。

运动服。

足球装备。

曼联给他的足球装备里有一件印着曼联队标的上衣。包里装着一件曼联的球衣，这种感觉怪怪的。这件衣服他还没有穿过，穿上曼联的球衣是种什么感觉呢？一方面，他会很开心，因为自己毕竟是曼联的球员了。可同时他又觉得怪怪的，因为他打心眼儿里还是曼城的球迷。

杰克把他的曼城球衣塞进了包里。他很清楚自己绝对不能在曼联足球学院里穿，可他想带着，希望能带来好运。

他脱下校服，穿上了周末才会穿的牛仔裤和 T 恤。

他下了楼，准备等爸爸开车送他去学院。

"杰克，回楼上去。"爸爸说，"别穿这身衣服，穿件正式点的衣服，校服也行。"

"什么？"杰克不明白。

"穿件正式点的衣服。你得给人留下不错的第一印象。"

"这有什么，球场上见呗。"杰克嘟哝着。

"球场下也一样。"爸爸说，"你认真对待这件事情了吗？"

"哪件事情？"

"去曼联踢球啊。你知道这可不只是要在球场上表现好，你代表着整个俱乐部的形象呢。如果你穿得邋邋遢遢的，别人就会以貌取人，认为你是个邋遢鬼。"

杰克低声嘟哝了一句，就噔噔噔上楼回了卧室。

上楼以后，他一把拉过校服穿在身上。真讨厌别人告诉他该做什么，真讨厌穿校服，真讨厌这种心烦气躁的感觉！

上车之后，杰克几乎一言不发。爸爸问了问学校里

的情况，杰克都只说一个字就算回答了，然后盯着窗外。车开到街上时，杰克看见很多人在公园里散步，还有人坐在酒吧和花园里聊天。他们看起来全都很高兴，可是他却高兴不起来，胃里像是打了结一样不舒服，而这时候本应是他人生中最激动的时刻呀！

他们离学院越来越近，杰克也越来越想跟爸爸聊聊。他需要爸爸对他说些鼓励的话语，给他打打气，就像往常那样。

爸爸在开到那条长长的车道上右转时，猜到了杰克的心思。

"我知道你不想穿校服。"爸爸说，"我也知道你想穿牛仔裤和运动鞋。不过你得给人留下好的印象。教练们除了会观察你是哪类球员，还会留意你是哪类人。"

杰克耸了耸肩。他知道爸爸说得对，只是不想承认而已。

"我有点儿紧张。"杰克说。

"我知道。紧张是新人的通行证。"

杰克笑了："说得轻巧！"

"听着，"爸爸停了一会儿说，"这是你加入职业足球

俱乐部的第一天，你已经为之努力了好几年。可我想让你为我做一件事。"

杰克皱了皱眉头问："什么事？"

"好好享受。"爸爸说，"你自己争取到了这个权利。并且，你跟那儿的任何一名球员一样棒。你只需要好好享受。做你自己。船到桥头自然直。"

致命二人组

足球学院看起来熠熠生辉。

他们驶到车道尽头，把车停在了老马厩旁边，这时杰克再次看到了球场。球场是赛季开始时呈现的那种绿油油的样子，没有球鞋鞋钉踏出的印子，也没有泥水混杂的坑洼。

更衣室跟他以前球队的更衣室截然不同。之前他所在的球队用的更衣室，要么是酒吧后面狭窄拥挤的小房间，要么是地方议会里摇摇欲坠的更衣室。

杰克目不转睛地盯着这里的一切——也打量着学院门外那群男孩和家长——这时，他看到了尤尼斯。

尤尼斯立刻冲他挥了挥手，走了过来。

"你怎么样？"杰克问。

"好极了。"尤尼斯说。他看到杰克以后，真的很开

心。"你也入选了，太棒了！"

"是呀，我没想到自己会入选。"杰克说，"你走了以后，我又看见了那个穿长大衣的男人。"

"你是说一队的主教练？"

"是的，不过我一开始没认出他来。我真该配副眼镜了！"

"你跟他说话了吗？"

"没有，不过我爸爸跟他说话了。然后他们就让我签

在校生协议了，跟你一样的。"

"我们会成为很厉害的球员的。"尤尼斯说，"我和你，我们会成为'致命二人组'！"

杰克笑了，他指了指其他的男生。"他们也是U12少年队的吗？"

"不知道，我猜应该是吧。"

杰克又想到了尤尼斯的爸爸。"你爸爸这次来了吗？还是你妈妈来的？"

"没有，我爸爸死都不会来的。"尤尼斯咧嘴笑着说，"现在我入选了，他更讨厌我踢球了。"

杰克也笑了起来。

"好啦，小伙子们！"一个洪亮的声音打断了所有人的交谈。

杰克一下就认出了这个声音，那是选拔赛时他们见过的U12少年队的库珀教练的。

"想必你们差不多都知道了，我是史蒂夫·库珀。新来的小伙子们，我是将要和你们一起奋斗的许多教练中的一员。这个赛季，我们又有三名新球员加入。他们是，尤尼斯……"

尤尼斯冲大家点头致意。

"杰克，就是站在尤尼斯旁边的那个小伙子。还有威尔，小奇旁边的那个小伙子。"

杰克向大家挥了挥手，然后远远地看了看威尔，就是选拔赛那天跟那位大喊大叫的爸爸在一起的男生。

库珀教练说话的时候，杰克四下里扫视了一圈。他敢肯定，那些早来一年的男生也在打量他。这种感觉很熟悉，他觉得有些不自在。每当他初到一个陌生的地方，而其他人都互相认识的时候，这种不自在就会涌上心头。不过，他心里却很激动。正如爸爸所说，这是他的名字载入职业足球俱乐部花名册的第一天。想想都觉得难以置信，他是一名真正的足球运动员了！

"好，现在我们大家都是朋友了。"库珀教练说，"换好衣服，去球场吧！等所有人都准备好了，咱们先大体了解一些新赛季的基本信息。"

队长莱恩

　　杰克和尤尼斯一起出门朝训练场走去，小奇也在后面跟着。

　　他们去运动场的路上要经过一座桥，桥下有满涨的河水流过。过了桥，开阔的草地就映入眼帘了。

　　杰克和尤尼斯走过去跟威尔打招呼，威尔是个精瘦结实的高个子男生。

　　"你好啊！"杰克说。

　　"你好！"威尔回道，"选拔赛上我就记住你了。当时我就觉得你会入选，你们俩都会。"

　　"我对你也有印象。"杰克说，"你被选中的时候。"

　　"这么说，你对我爸爸也有印象吧？"

　　杰克笑了笑说："算是吧。他当时有些激动。"

　　"有些激动？"

　　"我觉得挺正常的。"尤尼斯说，"他肯定特别以你为荣。"

　　"他高兴得有点过头了。"威尔说，"我能进曼联踢球是他毕生的梦想，直到我举起英超冠军奖杯他才能真正心满意足，而且还得以队长的身份夺冠才行。"

　　杰克看着尤尼斯笑了笑，尤尼斯耸了耸肩。

　　尤尼斯转过头等小奇跟上来，"你也是新来的吗？"尤尼斯问。

　　"不是，我去年就已经在这儿了，我前年来的。"

"感觉怎么样啊？"

"挺棒的。"小奇说。

"队长是谁呀？"威尔也加入了聊天。

"莱恩。"小奇说，"就是站在本旁边的那个头发乌黑的高个子男生。哦，本就是那个球袜拉下来的男生。莱恩八岁就来曼联踢球了，大家都觉得他会是下一个约翰·特里。他球踢得很棒，不过……"小奇停顿了一下，"只关注他的优点就好啦。"

杰克抬头看了过去，莱恩正拎着一个巨大的网兜，里面满满当当全是足球。

莱恩发现杰克在看自己，就跟他对视了一眼，这一眼让杰克莫名其妙感觉不太舒服。

"看见他们前面那个大个子了吗？"小奇接着说，"那是托马斯，他是守门员，上个赛季加入的。托马斯是波兰人，跟他爸爸一起生活，他们是去年搬到英国来的。他挺不错，不过，也有状态不好的时候。"

杰克努力把小奇跟他说的这些人名一一记住，莱恩、本、托马斯。

他很喜欢小奇，觉得他很友善。而且，杰克欣喜地

发现，小奇的个子跟他差不多高。看来，这样的个子踢足球是足够的。

他们走到第一训练场的时候，库珀教练把他们喊住了。杰克看了看别的球场，其他两支球队已经开始训练了，那些孩子年龄稍大一些，不过也有些八九岁的。在那些小球员吵吵嚷嚷的叫声中，杰克还是能听到他们教练的声音。

"好啦，小伙子们。你们每人拿一个球，先做五分钟

的颠球练习，热热身。"

　　莱恩从网兜里把足球拿出来，给每个球员都踢了一个。最后给杰克的时候，莱恩把球一脚高高地踢过了他的头顶，球飞到树丛里去了。

　　杰克听到莱恩和本都哈哈大笑起来，他以为球是意外飞出去的，也跟着笑了起来。就在这时，他看到小奇皱了皱眉头。

51

球衣风波

第一节训练课结束了，杰克和小奇回更衣室的时候，有一半的球员已经走了。杰克刚才在球场上帮库珀教练把球收进了网兜，他觉得这是在做好事。爸爸也经常说，要乐于助人。不过，他也错过了跟其他球员交谈的机会。

杰克脱球鞋的时候惊讶地发现，莱恩站在一个包前，手里拿了一件曼城的球衣。一开始他还以为莱恩也是曼城的球迷，还想着没准儿还能借此跟他交个朋友呢。

直到杰克意识到，那是他的球衣！莱恩是从自己包里拿出来的这件曼城的球衣！

"这是什么？"莱恩问。他的眼神直勾勾地看着杰克和小奇，咧嘴笑着。本和另外两个球员正站在莱恩身后。

"曼城的球衣。"杰克说，站在高高大大的莱恩面前，他感觉自己十分渺小。不过，他并不准备屈服——那是自己的曼城球衣！即便在曼联踢球，他也仍旧是曼城的球迷，而且他引以为豪。

"这是曼联，小杰克，不是曼城。你是不是来错球队了？"

杰克不知道该说什么。他不想第一天来训练就惹麻烦，所以只是耸了耸肩，想起刚才莱恩管他叫小杰克，他平时最烦别人这么叫他。

莱恩瞪了杰克一会儿，把球衣一把扔在了地上。本和别的球员笑了起来。杰克捡起球衣，继续换衣服。

"本，你说，让曼城的球员进咱们的更衣室对吗？"莱恩问。

"不对。"本回答说。

"你说，咱们是不是得监视一下小乖乖杰克呢？"

"对！"

"咱们必须监视他，对吧？得看看他是不是真的忠心于曼联，没准儿他是个奸细呢！"

"对呀！"本说。

　　杰克在想，本除了"不对"和"对"还会不会说点别的。他一直低着头，直到莱恩和本笑着朝门外走去。

　　"周三训练场见，小乖乖杰克！"莱恩一边嘲笑地说，一边砰地带上了更衣室的门。

　　杰克想不明白为什么莱恩这么针对他。

　　"别因为莱恩而烦心。"小奇顿了顿又说，"其实他还好啦。"

　　更衣室里现在只剩下杰克和小奇两个人了。

　　"那他这是怎么了？"杰克问，"只是因为他不喜欢我的球衣吗？"

　　"部分原因吧。"小奇说。

　　"还有别的原因吧？"杰克说。

　　"多少有点儿……"

　　"什么意思呀？我不太明白。"

　　"主要是……"小奇又顿了顿，"你不是左路边锋嘛，去年我们队的左边锋是亚伦，那是莱恩的好哥们儿。亚伦上个赛季末被退队了。这不，你接替了他的位置，莱恩有点恼火。他很快就会忘掉这件事儿的，别理他就行了。"

"这会很难吧。"

"我知道。不过，要是你觉得莱恩难为你，你真该见识见识他妈妈，那才真叫难为儿子呢。你都想象不到，跟疯子似的。"

托马斯

这天是个周六，杰克感觉怪怪的。以往周六的早上他会吃一碗拌了香蕉的维他麦，然后跟别的孩子去村公所碰头，然后要么在村子里踢球，要么跟着村队去踢客场比赛。

今天却与以往不同。

今天，杰克躺在沙发上看《早间足球》脱口秀，周六没比赛的感觉太奇怪了，他连看电视都没法专心。

爸爸正在厨房里忙碌着。

杰克关了电视，盯着墙发呆。

爸爸马上从厨房过来了，"怎么了？"

"没什么。"

"觉得无聊吗？"

"很无聊。"杰克承认了，"没球可踢，这是最难接

受的，真希望我也能在村队踢球。"

"可是你不能。"爸爸说，"这是队规。要不，我们来点小活动吧。"

"什么小活动？"杰克问。他希望爸爸跟他心有灵犀，一起去看场曼城的比赛。

"有没有什么事是你以前周六下午因为踢球而没法做的呢？"

杰克咧嘴笑了笑，蒙上了脸。"你不知道吗？"

"曼城。"爸爸说。

杰克一下转过身。"可以吗？真的吗？我们可以吗？"

"走吧，我们早点去，比赛中午才开始。"

爸爸话音未落，杰克已经转身往楼上跑去。

曼城的体育馆那儿熙熙攘攘，汉堡小吃车前和俱乐部专卖店门口大排长龙，其中一个主停车场里停放着电视转播车，巨大的卫星信号发射圆盘直冲天空。

爸爸买到票之后，两个人还得围着体育馆绕三圈。

这是爸爸的保留项目，顺时针绕三圈能带来好运的。

　　他们一路走着，逆向挤过熙熙攘攘的人群。

　　走到一半时，他们碰到了托马斯和他爸爸。

　　托马斯跟杰克对视了一下，笑了。

　　"真没想到呀！"杰克说，"你是曼城的球迷吗？"

　　"是呀，我爸爸也是，所以我们才从伦敦搬到这儿来
的。我爸爸想看曼城的比赛。"

　　"莱恩知道这事儿吗？"

托马斯皱了皱眉头问道：“他找你麻烦了，对吧？”

“他发现了我的曼城球衣。”

“天哪！”托马斯说，“我的还没被他发现。”

杰克和托马斯哈哈大笑起来。杰克看到，他爸爸和托马斯的爸爸聊得挺起劲儿。

“莱恩没事儿吧？”杰克问托马斯，“你可都已经在曼联踢了半个赛季了，对吗？”

“我去年就来啦。”托马斯说，“莱恩心里一直都不痛快，老找别人的茬，有其母必有其子嘛！”

“他妈妈脾气很差吗？我听小奇说起过她。”

“那是相当差。而且他妈妈脾气有多暴，他脾气就有多暴。”

“什么意思？”

“我是说，如果他妈妈找他的麻烦，他就会找别人的麻烦，冲别人发泄。”

“真厉害。”杰克说。

“可是你会喜欢他的。如果其他球队的人惹了你，他会替你打抱不平的。”

杰克笑了，至少这么说来，还不错嘛。

他听到球场上曼城那边传来了歌声。

"你们在哪个看台？"托马斯问。

"在那头。我们今天才买的票。"

两个孩子的爸爸握了握手。

杰克和托马斯也相视一笑。

"周一晚上见！"杰克说。

"好，到时候见！"托马斯说，"别跟莱恩说我喜欢曼城。他因为我不支持英格兰的事儿，已经对我很有意见了！"

声名鹊起

曼联的训练进行得很顺利。学校也不错。

准确地说，学校真是棒极了！

之前杰克听到过好多次，刚上中学的日子如何如何艰难，学校会更大，学生也会更多。的确，学校大了很多，学生也多了很多。不过，杰克在曼联踢球的消息传开之后，他俨然成了小名人。

学校里有一半的人都知道他的名字，在走廊里碰到也会跟他打招呼。大一些的孩子会问他都认识哪些曼联一队的球员，甚至有几位老师对他的态度也跟其他人截然不同。

一天上午，四个九年级的学生来找他，四个学生里有两个女生，两个男生。

"你是杰克·奥德菲尔德吗？"其中一个女生问。

"是。"

杰克很谨慎，因为女生，特别是高年级的女生主动来搭话，往往是来找麻烦的。两个女生个子都比杰克高，都留着长长的直发，其中一个还涂了眼影。两个男

生倒是都留着短发，其中一个稍微高一些。

"你在曼联踢球吗？"高一些的男生问。

"是。"

"你只会说这一个字吗？"一开始说话的那个女生又问。

"不是。"杰克说。

两个女生笑了起来，其中一个接着说："你可真会逗乐。"

杰克耸了耸肩，他连该说什么都不知道，更别提逗乐了。

有一件事他得承认，那就是，在中学里跟高年级的学生说话很费劲。在原先的学校里，他跟谁说话都是小菜一碟，特别是最后一年他成了全校年龄最大的学生时。

"所以说，你很有钱吧？"没涂眼影的那个女生问。

"不是。"

"八年级的大卫·拉克斯顿说，你跟曼联签约的时候，赚了十万英镑。"高一些的男生说。

杰克忍着没笑出来。

他不止一次地听别人这么说过。一开始他还否认，

后来谣言不胫而走，他也懒得否认了，就决定让他们自己猜去吧。

"这个不让说。"杰克说。

"这么说，你富得流油喽？"涂了眼影的那个女生问。

杰克耸了耸肩。

跟九年级的学生这样说话还真是有点怪。

"你认识亚力克·霍德金森吗？"矮一点儿的男生问。

亚力克·霍德金森是曼联的年轻球员，在英格兰U21青年队里踢球。

杰克想说认识，还想说他们俩是最好的哥们儿，可直觉告诉他不要这么说。

"我从来没见过他。"杰克说，"而且……要知道，曼联是不付给我报酬的。我十六岁以前，他们不可以付给我报酬。"

两个女生翻了翻白眼，准备走开。

"那你签奖学金协议了吗？"高个子男生问。

杰克连什么是奖学金协议都不知道。他摇了摇头，去上数学课了。

曼联还是曼城？

转眼到了这一赛季的第四次训练课。杰克已经认识了所有队员，也感觉自己是队伍的一员了。

他刚加入这支队伍时还有些难为情，毕竟这个赛季之前，他们十五个人里的十二个已经在一个队伍里很久了。特别是莱恩也在的时候，他会更加局促不安。不过现在都好了，尤其是跟尤尼斯成了铁哥们儿之后。

今天跟往常不太一样，杰克最后一个换的衣服。他来得有点晚，爸爸开车经过市中心时堵车了。到足球学院的时候，其他人已经去球场了。杰克匆匆忙忙地把衣服塞进包里，找着自己的护膝板。

突然，他听见鞋钉的声音从更衣室外面的水泥地上传来。莱恩进来了，他有点气喘吁吁，却笑容满面。

"我们今天有场正儿八经的比赛。"莱恩说。

"好呀！"杰克说。他很高兴，不光是因为他们终于可以踢比赛而不是一味地训练了，也因为莱恩主动跟他说话了。

莱恩身穿曼联球衣，他指了指杰克的球衣。

"我们中一半人穿曼联球衣，一半人穿曼城球衣。你带曼城球衣了吗？库珀教练让我告诉你穿上。"

杰克咧嘴一笑，说："带了。"

他从包里拽出了他的曼城球衣。

莱恩点点头，走了出去。"球场上见。库珀教练说我们两分钟以后开赛。我去跟他说你马上就到。"

"谢啦！"杰克说着，系好了鞋带。刚才跟莱恩说话让他挺开心的。其实，莱恩挺友善的。

前两周一直穿着曼联球衣，现在乍一穿上曼城球衣有点怪怪的，但是感觉不错。毕竟，不管在哪个队踢球，他都是曼城的球迷。

一换好衣服，杰克就冲了出去，脚不点地地跑着，好快点到球场等库珀教练开哨。

直到他跑到球场中央才发现，一半的球员穿着曼联球衣，其余的人只是在曼联球衣外面加了一件橙色背

心，没有人穿曼城的球衣！

除了杰克！

莱恩骗了他。大家都盯着杰克看。

他听到有人发出了嘘声，一开始只是一个人的嘘声。接着，第二个人，第三个人……加入了进来。一时之间，球场上一半的孩子都喝起了倒彩。

杰克不知所措。如果是在学校里，或者跟伙伴们踢球，他肯定会挺起胸脯，骄傲地跟大家展示他的曼城球

衣。可这里不一样。他不知道自己是不是一定要对曼联标榜忠诚，或者说，他可不可以公开承认，自己是曼城球迷并且引以为豪。

这时，他听到了库珀教练的声音，那声音响亮而严厉。

"奥德菲尔德！"

杰克转身面对着库珀教练，却没说话。

"那是什么？！"

"什么？"

"你穿的那件球衣！"

"是……是我的……呃……曼城球衣……"他本想说是莱恩让他穿的，想了想还是作罢了。如果他把莱恩牵扯进来当借口，只会引起更多麻烦。

"脱了！"库珀教练说。

杰克脱下了球衣。

莱恩一把从杰克手里夺了过来，杰克根本来不及阻止。"库珀教练，我把球衣扔进垃圾桶吧？"

"把球衣还给杰克！"库珀教练说，他的语气很平稳，比刚才温和了许多。

杰克从莱恩手里拿回球衣，对这位球队队长的嘲讽视若无睹。

"放到球场边上，过来拿件背心穿上。"

库珀教练朝杰克扔了一件荧光橙色背心，跟什么都没发生过一样开始跟大家说话。

"好啦，小伙子们！攻防赛。穿曼联球衣的负责防守，其他人，包括杰克，你们进攻，好吧？我们礼拜天要踢第一场比赛，客场对战布莱克本。咱们练习了很多技巧，现在该把技巧用在实战上了。"

布莱克本 VS 曼联

杰克在曼联参加的第一场比赛并不顺利。

他首次出战的前一晚，一边想努力入睡，一边在幻想，幻想着自己一次又一次地突破对方的防守，传球给尤尼斯，不停地进球，并且这些进球在十年以后他成为一队常规球员时，也仍旧被大家铭记于心。

可现在，那些都不可能发生了。布莱克本全面压制了曼联，他们的两名前锋大破曼联防守，后卫则像铜墙铁壁一般，牢牢地阻挡着曼联的攻势。

比赛进行到一半时，布莱克本 2-0 处于领先优势。至此，杰克几乎没有碰到过球。

莱恩从后场带球突进时，只会沿右路传给本，对杰克则是看都不看一眼。

下半场开始后不久，曼联大门第三次被攻破。布莱

克本两名速度极快的前锋二对二迎上了两名曼联的中场防守球员——詹姆斯和莱恩。詹姆斯想尽力阻挡其中一个前锋，可惜动作太慢。莱恩跟上了第二个，可他断球时，那名前锋一个肩部冲撞把球从莱恩脚下抢断，然后大力抽射，球飞进了托马斯把守的大门。

3-0！大事不妙！

"那是合理阻挡。"杰克这么想着，"肩部冲撞并不犯规。"这是他在选拔赛上被肩部冲撞的时候学到的。而且，他看得出来，库珀教练也在点头，表示了对裁判

没有做出判罚的认同。

可莱恩的妈妈并不这么想。

虽然杰克之前听说过莱恩的妈妈，可百闻不如一见，他还是吓了一跳。

"那是犯规！犯规！"她一边高声尖叫，一边跑到了球场的一边，"裁判，你懂不懂规则？！"

裁判盯着她打量了一会儿，然后朝库珀教练看去。

接着，事态更加糟糕。莱恩的妈妈被另一名家长从球场边上拉走了，可她突然挣脱跑回了边线那里。"进球无效！进球无效！他冲撞我们家莱恩就是犯规！"

这时，裁判大为惊诧，大概是以前从未见识过这种阵仗吧！他又朝库珀教练看了看，然后发话了。杰克离裁判很近，听见了他说什么。

"立刻把那个女人带离球场！否则我会终止这场比赛，并向有关部门举报你！"

杰克看到，库珀教练走到莱恩的妈妈身边，用力抓住她的胳膊，不由分说地把她带离了球场，全程都在用温和却坚定的语气跟她说着什么。

这时，杰克看了莱恩一眼。莱恩正盯着地面，满面

羞红。不知为何，杰克觉得他没有平时高大了，也不那么盛气凌人了，看着也似乎比自己小了几岁。

杰克想走上前去问候一下莱恩，可他知道最好不要去。他想，莱恩应该不想被别人同情吧。

杰克扫视了一圈想找他爸爸，却没看见，大概是去洗手间了吧。

裁判示意重新开始比赛。当前比分 3-0。没过多久，比分变成了 4-0。

左路开花

比赛快要结束时，球传到了杰克脚下。这球不是莱恩传给他的，而是詹姆斯——另一名开始发挥主导性作用的中场防守球员，他的精彩发挥让莱恩的防守位置更加靠后了。

杰克接球的一刹那，将球顺势趟到对方一名防守球员的身后，然后加速前进，借着突如其来的爆发力，过了那名防守队员。

这时，他一路快速盘带，绝尘而去。最后，证明他自己的机会来了。

这时，第二名防守球员半路杀出来阻拦杰克。杰克抬头看了一眼，发现小奇在他的右边，他将球轻轻敲给小奇，小奇又将球传到了防守球员的另一侧，杰克快速前插接到了球。这是一个完美的二过一。他抬头一看，

尤尼斯就等在球门的近门柱，本在远门柱。

一个快速地滚球，杰克将球传给了尤尼斯。

尤尼斯果断停球，转身，起脚劲射。

球进了！

这是他们本赛季的第一个进球。

但，无人欢呼。

尤尼斯倒是慢跑着过来跟杰克握了握手，可也仅此而已。

没有什么好庆祝的。

布莱克本对阵曼联，最后比分 4-1。

"你们就跟从来没见过面的陌生人一样，更别说在一起训练过了。"库珀教练说。他没有大喊大叫，而是很镇定地看着每个孩子的眼睛。他没有提莱恩妈妈的事情，当然杰克也不希望他提。孩子们的父母被叫到库珀教练的办公室里谈话了。

"我们都没问题，全都怪托马斯。"莱恩喊了一句，眼睛盯着球队的守门员。莱恩满脸通红，也许是因为生气，或者是因为难堪，究竟是因为什么，杰克也说不

上来。

"不要把责任全部归到托马斯头上。"库珀教练说，"是我们的防守、我们的中场害得他孤立无援。要是没有他，情况可能更糟糕。"

托马斯低下头盯着地面，面露伤心之色，高大精壮的身子佝偻了起来。杰克想捕捉到他的眼神，给他些鼓励，可托马斯没有抬头。

"我们需要做出改变。"库珀教练说，"所有的球都传给了右路的本，几乎没左路什么事儿。"

杰克没有看莱恩，但是听到库珀教练这么说，他很欣慰。

"这是团队比赛，莱恩。"库珀教练说，"我希望看到杰克能更多地拿到球。杰克和尤尼斯配合很默契，下一周的比赛要让他俩多参与进来。"

"好的，库珀教练。"莱恩说着，眼睛盯着更衣室的门。

"那么，这次就当是一次学习。"库珀教练总结说，"这周意识到了自身存在的一些问题，下周要有所提高，好吧？"

莱恩、本、托马斯和杰克是最后一波离开更衣室的。

杰克还以为莱恩受了库珀教练的批评后会长点教训，没想到，教训全都冲着托马斯去了。

"托马斯，你今天是怎么回事儿？"莱恩说。

"比赛很难打。"托马斯慢吞吞地说，"我当时……孤立无援。"

"你说孤立无援，不过是库珀教练这么说的。"莱恩说，"我敢打赌，你根本就不知道'孤立无援'是什么意思。"

"我知道。"

"那你说呀。"

"意思是只能自己面对。"托马斯说着站了起来。

杰克站了一半，看到莱恩瞪他，便又坐下了。

"不对。"本说，"你的意思是你前面没有防守队员。但其实有，有四个呢！"

托马斯耸了耸肩，走出了更衣室。

杰克想跟着他走，想给自己的新朋友一点儿支持。

"我妈妈说，他爸爸压根儿就不该来我们国家。"莱恩气冲冲地说，"那些波兰人！净抢我们的工作。"

"没错。"本附和着说。

杰克盯着自己的球包。

"你不这么想吗？"莱恩说，"杰克？"

"什么？"

"托马斯压根儿就不应该来我们队。他就是个垃圾，波兰垃圾！"

杰克耸了耸肩，然后勉强地点了点头。

立刻，惭愧涌上了杰克的心头。

9 月 25 日　周日

布莱克本 VS 曼联　4-1

得分球员：尤尼斯

犯规球员：考纳、詹姆斯

U12 少年队教练给每位球员的评分（满分 10 分）：

托马斯	5
考纳	5
詹姆斯	6
莱恩	6
罗南	6
小奇	6
山姆	5
威尔	6
杰克	6
尤尼斯	7
本	6

亚伦

"最后那球踢得漂亮！你和尤尼斯的配合很默契。"杰克的爸爸说。

他们正从布莱克本大本营开车往家走。

杰克对爸爸的话无动于衷。他不太想说话，甚至连莱恩妈妈引起的风波都没提起。他知道那会儿爸爸肯定没在现场。

"怎么样，第一场比赛感觉如何？"

"我们被防得死死的，爸爸。"

"可你表现挺好的，那名防守球员其实是要把球传给你的。"

"可是他没传，不是吗？"

爸爸顿了顿说："为什么呢？"

"不知道。"

爸爸又顿了顿，接着说："你好像跟那个前锋关系不错。他是个什么样的人呢？"

"他很棒！他也参加选拔赛了，你还记得吗？"

"记得。那个跑得飞快的小伙子。"爸爸说，"这么说他是你哥们儿喽？"

"算是吧，我觉得是。"杰克说，"不过，他爸爸从来不看他踢球。"

爸爸点了点头，"其他人呢？"

"我对别人还不太了解。"

"托马斯，我们在曼城的比赛上碰见的小伙子，他还好吧？"

羞愧的战栗从杰克的身体里一闪而过。"我今天都没怎么跟他说话，比赛完了他就走了。"

"我看见他了。"爸爸说。

"他还好吗？"杰克问，几乎是脱口而出。

"托马斯吗？可能不太好。我看他走出更衣室的时候有点生气，我当时正在跟他爸爸聊天。我猜是因为他失手让对方进了四个球吧。"

"有这么个家伙……"杰克开始说话了。

"嗯？"

杰克停了下来，他想告诉爸爸莱恩的事儿，可怎么开口呢？

"有个家伙在欺负托马斯。"杰克说，"说了些话。"

"说了些什么话？"

"你知道的。"

"我不知道。"爸爸说，"我当时不在场。"

"也没什么。"杰克说。

"说说吧，杰克……"

"他说，托马斯不属于这儿，因为他是波兰人。"

爸爸皱了皱眉头，没说话。

"没什么。"杰克说，他担心爸爸会把这事儿捅到库珀教练那儿，"球队踢得不好，这是我们第一次一起踢比赛，仅此而已。"

"那名防守球员叫什么？"

"哪个？"杰克很惊讶，爸爸竟然一语中的直接问起了莱恩的事儿。

"你知道我说的是谁。"

杰克沉默了一会儿，然后实话实说了，"他叫莱恩。"

"是他吗？"爸爸等杰克开口回答。

"是他。"杰克说。

"也是他找你的麻烦吧？"

杰克又沉默了，一分钟，两分钟，他只好说了。

"去年，莱恩最好的朋友踢左边卫，他叫亚伦。可亚伦上个赛季末被退队了，小奇跟我说的。因为这个，莱

恩才不喜欢我。他想着，要是把我搞臭，就能让他的朋友回队了。"说完又加了一句，"要么是我，要么是托马斯。"

爸爸看了一会儿前方的路，开口说："你不希望我跟库珀教练说这事儿，对吗？"

杰克立即往前坐了坐，说："别，我不想。"

"好吧。"爸爸说，"不过，要是再有这种事儿发生，你会跟我说的吧？就算你说了，我也不会怎么样的，我只是想知道而已。"

在这之后，杰克和爸爸一路上没再说话。杰克本来

想着能欢欢喜喜地回家，跟妈妈说他们大获全胜的消息，还有他有多厉害的。

可现在，他只感觉心情压抑得很。

不过，他再压抑，也好过自己回家，就像尤尼斯那样。杰克想。

杰克盯着车窗外面，然后转向爸爸。

"爸爸，谢谢你来接我。"杰克说，"还有每周训练都来接我。"

"没事儿。"

"爸爸？"

"嗯。"

"你知道托马斯的爸爸吧？"

"知道啊，他怎么了？"

"他是干什么的？什么工作？"

"他在医院里当医生，是个很好的医生，经常上报纸，怎么了？"

"没事儿。"杰克说，"随便问问。"

曼联 VS 米德尔斯堡

第二场比赛比第一场情况略好。

曼联的配合比上一周好了很多。库珀教练一直在跟他们练球，训练中场球员保护防守球员，让他们不至于孤立无援，而且训练效果不错。

可杰克却还是感觉自己总不在状态。跑动接球的时候，他好像总是越位。一进攻他就会向前猛冲，这时边裁就会举旗。每次都这样，太叫人难堪了。杰克以前从来没有被吹过越位，不过在实打实的比赛中，对手还是更愿意看到曼联越位。

好在，杰克的爸爸没有在旁边数落他，可莱恩的妈妈却在大吵大嚷。不过这次嚷的不是裁判，而是莱恩。

"莱恩！加把劲儿呀！掩护你的队友！你这家伙怎么回事？"

莱恩在球场上越踢越暴躁，一路冲击铲断，传球时一脚把球踢得老高，完全没有用库珀教练教他们的贴地短传的方法。

这时，杰克听到库珀教练在冲他喊："杰克，接球时别越过最后一名后卫！"

于是，杰克努力看着自己不越位。

可没过多久，莱恩也冲他这么喊："接球时别越过最后一名后卫！"

杰克努力尝试着，可现在，每次皮球一接近他，米德尔斯堡队的最后一名后卫就会拿到球，因为他顶得太靠前了。

"笨透了！"杰克心想。不管他怎么做，好像都是错的。他感觉自己被牢牢地困在了绳结里。终场哨声响起时，他才觉得解脱了。

可是几分钟之后发生的事情让他这种感觉消失无踪。

"太可惜了，小伙子们！"库珀教练说。他的声音比上一场比赛结束时严厉了一些。

2-1，曼联输了。

"咱们一个球员一个球员地把比赛复盘一下，好好弄清楚。"

从守门员托马斯到防守队员，库珀教练点评了每一位球员。轮到莱恩的时候，他聊了很久，比如莱恩应当多给杰克传球，左右路进攻应当平衡。

最后，他点评到了杰克。

"杰克，咱们该好好练练不越位了，对不对？"

"对不起，库珀教练。"杰克说，"我就是没办法跑对位置。"

"那么，这就得花大力气解决了。你速度不错，但要控制每次跑动的时间。选拔赛的时候你做到了，而且做得很棒。明天我们好好聊聊。你爸爸来了吗？"

杰克点了点头。

"好，那我们待会儿多聊聊。"

杰克感觉自己掉进了深渊。库珀教练找他爸爸做什么？真的是为了训练的事儿吗？这跟他爸爸有什么关系？！

突然，杰克脑袋里冒出一个问号，他忍不住想，莫非库珀教练要让他退队？

库珀教练点评完之后，队员们都去拿包了。莱恩和本走到杰克身边，这时杰克身边没有旁人。杰克知道，这俩人来者不善，从他们的表情就能看出来。

"你也是波兰人吗，还是别的什么？"莱恩问。

本偷偷笑了两声。

杰克没说话。

他知道，托马斯就在他身后听着。他不希望莱恩再说波兰人的坏话，还问他赞不赞同。他只是想，上次莱恩欺负托马斯的时候，要是自己挺身而出该多好。

"你踢成那样，是听不懂英语吗？"莱恩说，"越位！得让裁判说多少遍你才明白是什么意思？"

杰克还是一言不发，只是回头瞪了莱恩一眼，又看了本一眼。他想让他们知道，这么做没有任何意义，他不赞同他们的做法，绝对不！

十分钟以后，杰克离开了更衣室。莱恩在外面正对着手机咧嘴大笑。

"亚伦！"他对着手机说。

杰克忍不住听了几句。

"有好消息跟你说。"莱恩接着说，"你等一会儿，哈……有人在偷听。"莱恩瞪了杰克一眼，又对着手机笑了笑，走到更衣室后面别人看不见的地方去了。

杰克更确信了，自己就要被退队了。

10月2日　周日

曼联 VS 米德尔斯堡　1-2

得分球员：尤尼斯

犯规球员：考纳、詹姆斯

U12少年队教练给每位球员的评分（满分10分）：

托马斯	6
考纳	6
詹姆斯	7
莱恩	5
罗南	6
小奇	7
山姆	6
威尔	6
杰克	5
尤尼斯	7
本	6

尤尼斯的爸爸

"杰克，你还好吧？"

杰克穿过停车场的时候，尤尼斯从后面跟了上来。今天不同以往，比赛一结束，杰克的爸爸就有事先走了，所以杰克今天得自己回家。

"不太好。"杰克回答说，"我今天表现得太差了，总是进不了状态。"杰克犹豫着要不要告诉尤尼斯，他担心自己会被退队的事儿。

"我们都很差。"尤尼斯说。

"你不差啦！你还进球了呢，而且一次也没越位。我……至少得越位了十次吧！"

"不能全怪你。都是莱恩，他都没打算传球给你，又怎么能指望你控好位置呢？"

"我应该控好位置的。"杰克说，"应该这样的。"

"还有别的事儿吗？"尤尼斯沉默了一下又问。

"比方说？"

"小奇跟你说过，莱恩的哥们儿的事儿。那个左边卫——亚伦。"

杰克不敢相信，尤尼斯竟然把他心里想的说了出来，好像会读心术一样。他不太想聊这个，可是眼下否认也没什么意思。

于是他脱口而出，"你说，库珀教练会开除我吗？然

95

后让亚伦回来？"

"他不会。"尤尼斯感到很惊讶。

"为什么不会？"杰克说，"他希望球队能赢。要是我比亚伦还差劲，那他就应该开除我，召回他。"

有人在他们身后按了一下汽车喇叭。

杰克回头看了一眼，满心希望能看到爸爸在等他。要真是爸爸就好了，他可以跟爸爸聊聊这件事。

可是，他只看到一个穿西装的高个子亚裔男人倚在一辆银色的奔驰汽车上。

尤尼斯的脸上一下子神采飞扬起来："是我爸爸！"

他跑到车前，朝杰克挥手让他过去。他笑得很灿烂，看得出来他很激动。

"这是杰克。"尤尼斯说，"杰克，这是我爸爸。"

尤尼斯的爸爸跟杰克握了握手。"你好呀，小伙子。我能捎你一程吗？我是来接尤尼斯回家的。"

"你们会经过市中心吗？"杰克问。

"当然了！上车！"

杰克上了车，感觉尤尼斯的爸爸还不错。杰克之前听尤尼斯说起他爸爸的时候，还以为他会是个大怪物

呢。尤尼斯跟着上了车，坐在了车后座。"爸爸，你看比赛了吗？"

"没有，尤尼斯。我在停车场这儿来着。"

"你真该来看最后那几分钟的比赛，我进球了！"尤尼斯声音里的兴奋暗淡了下去。

"我是来接你的，不是来看球的。"尤尼斯的爸爸说，"早点把你接回家，你就能赶赶功课。为了踢这场球，你最近大把大把的时间都耗进去了。"

尤尼斯的脸拉了下来，转头看了看杰克。杰克冲他笑了笑，想给他些支持。可尤尼斯低下了头，拨弄着包

上的带子。

　　他们沉默地继续向前走，杰克不敢开口说话了。他心想，要是去坐公交车就好了。

一通电话

礼拜一晚上是训练夜。

杰克在学校一整天都不顺。他总担心踢球的事儿，做什么都没法专心。

爸爸跟往常一样，从单位早早下了班，准备送杰克去足球学院。

"好啦，杰克！"爸爸说，"走吧！"爸爸已经开始穿外套了。

"今天不训练。"杰克说。

"不训练？"爸爸停了下来，外套的一只袖子垂在身旁。

"库珀教练取消了训练。"杰克说，"他刚才打来电话，说是一队有什么事，要用球场。"

"哦，好吧。"爸爸顿了顿，又笑着说，"那……咱

们今晚在电视上看球吧！怎么样？"

杰克上楼打开了游戏机，打算比赛开始前玩玩《足球教练》的游戏。他要转移注意力，不去想球队的事儿。其实，训练没有取消，照常进行，还有不到一个小时就开始训练了。杰克只是不想面对。

他坐在那儿，心里很愧疚。他愧疚自己没去训练，愧疚跟爸爸撒了谎，愧疚让库珀教练失望了。可他不想去面对库珀教练，不想被告知自己将被退队。

而且，他绝对不想见到莱恩。

他怎么能在加入了曼联足球学院之后，又被告知要离开呢？那可是他从记事起就梦寐以求的地方。

他宁愿不再回去。

电视上的比赛已经进行了一半，曼城对战普利茅斯，曼城 2-0 领先。爸爸没再问训练的事儿，杰克也就自在地跟他坐着看电视。

这时，电话铃声响起。

爸爸还没接，杰克就知道是库珀教练打来的。

他从座位上一跃而起，说："我要睡觉了。"

爸爸和妈妈看着他，双双皱起了眉头。曼城 2-0 领先，在曼城胜券在握的情况下，他竟然要去睡觉?

杰克关上前厅的门，听爸爸接电话。

"你好！"

沉默。

"你好，库珀教练。"

真的是库珀教练。

"杰克？他在家。"又是长长的沉默，爸爸在听对方说话，"我知道了……"

这时，杰克起身往楼上走去，径直进了房间，关上灯，拉紧窗帘，钻到了被子下面。

要不了多久，爸爸就会上楼来。到时候，他肯定会大发雷霆。

爸爸

半小时后，传来轻轻叩门的声音。杰克一直盯着天花板，静静地等待着。门被推开了，是爸爸。

"我能进来吗？"

杰克本来打算装睡，可现在这样显得很傻。

"进来吧。"杰克说。

他打开了杰克的曼城台灯。

爸爸坐在杰克的床尾说："刚才是库珀教练的电话。"

"我知道。"

"他训练结束了，刚到家，问问你还好吗。"

杰克把头转向一边，没说话。

"怎么了？"爸爸说。

杰克原以为爸爸会很生气，会觉得自己让他失望了。可他很平静，跟往常没什么两样。所以，杰克打算实话

实说。他之前骗了爸爸，现在欠他一个解释。

"我觉得他们要让亚伦归队，就是上个赛季踢左边路的那个球员。他们要让我退队。"

"是库珀教练说的吗？"

杰克沉默了，他很吃惊，因为爸爸好像对库珀教练很生气，而不是对他。

"不是。"杰克说。

爸爸叹了口气，"那是谁说的？"

杰克努力回想了一下。莱恩说的——算是说了吧。库珀教练说他想跟爸爸聊聊，然后他无意中听到了莱恩在手机里跟亚伦聊天。

等等，真有人说过那话吗？

"我不知道。"杰克说。

"这几场比赛，"爸爸说，"头两场，踢得不是很好，对吧？"

"嗯。"

"所以你觉得他们要让你退队？"

"他们是想。"

"你为什么这么想呢？"

"库珀教练……"

"他怎么了？"

"他想跟我聊聊——还说叫上你。那还能是什么意思呢？"

爸爸站了起来，他说："在这儿等着。"

爸爸离开了，杰克听到他下了楼，问了妈妈一个问题，最后又上来了。他手里拿着个硬纸文件袋，从里面拿出一张纸来。

"这是什么？"爸爸问。

"我的合同。"杰克说。

"这里写的什么？"爸爸指了指一行字。

"写了跟我签约踢十二个月，一直到明年八月份。"

"好。"

"可如果我很差……"

"杰克，你已经踢了两场比赛了，你不差！如果你表现不好，库珀教练会让你当替补队员。可到目前为止，他并没有，对吧？你不记得你签约的时候他们说的话了吗？他们说，你有非常优秀的潜质，还说他们想跟你签一年，至少一年，这样他们才能把你当球员一样来培养。"

杰克耸了耸肩。

"你忘了自己是多棒的球员吗？"爸爸说。

"或许，我并不是个好球员。"

爸爸把被子从杰克身上拉了下来。

"来吧。"

"做什么？"

"到外面去。现在就去。"

"天很黑。"

"路灯的光线够亮了。放松，就是射几个门而已。来吧！"

跟爸爸踢球

礼拜三放学后，爸爸开车带杰克再次穿过伦敦市区，朝曼联足球学院驶去。

杰克有些紧张。今天在训练之前，他们要先去赴约——跟库珀教练的约。杰克很欣慰，因为爸爸也来了。俱乐部的人说，也一直是这么规定的，如果有球员遇到了问题，或者有重要的事情要讨论，就必须带家长一起来。

前两晚，杰克都跟爸爸一起在外面踢球。跟以前他们练球一样，杰克穿着他的曼城球衣。他并没有意识到，自从签约加入曼联以来，他就没再跟爸爸踢过球了。

父子俩互相传球的时候，杰克回忆起了自己对踢球的热爱，不管是为曼联踢还是跟自己的爸爸踢。

　　并且，爸爸也让他确信，库珀教练并不是要把他换掉，他只是想聊聊该怎么让杰克发挥得更好。

　　"那么，你好些了吧？"爸爸问。路上有点堵，车子行驶慢了下来。

　　"好了，谢谢。"

　　"记住我昨天说的话……"

　　"爸爸？"

　　杰克想打断爸爸的话，他知道爸爸是想说点什么，好让他自信点。不过，杰克也有话要说。

　　"你只需要打好你自己的比赛。"爸爸接着说，"并且要专注。你的速度很好，你可以控制……"

　　"爸爸？"

　　爸爸没再继续说，而是看了看杰克，"怎么了？"

　　"你有没有想念咱们在外面踢球的时候？"

　　爸爸笑了笑说："我当然想念啊！"他沉默了几秒钟，接着说："不过我可没偷懒儿啊，我一直都来足球学院看你踢球，对吧？"

　　"我知道。不过，这跟踢球不一样，是吧？"杰克说。

　　"是不一样。前两天晚上咱俩一起踢球挺有趣的，不过我还是希望你去足球学院。"

　　"是吗？"

　　"是的。每次我看你训练或者比赛时，都觉得很骄傲。每次我看你拿到球……"

　　"所以，这时候比跟你踢球的时候更好？"

　　"总体看来，是这样。"爸爸说。

　　杰克觉得很高兴。"每次我拿到球，"他想，"我就要为爸爸而踢。我要让他更加骄傲。"

　　"当然啦！"爸爸打断了杰克的思绪，"要是你来了兴致想踢两脚……你知道去哪儿找我。"

　　杰克开心地笑了。

约谈

"来吧，杰克。"库珀教练说，"奥德菲尔德先生。"

库珀教练跟杰克的爸爸握了握手，把他们身后的门带上了。

杰克感觉像是在看医生或者牙医，似乎有什么不好的事要降临到他头上一般。

办公室不大，还塞着些球桩和一大网兜足球。两个书架上摆满了教练手册和文件盒。杰克看着眼前乱糟糟的一幕，有些意外。

"好啦。"库珀教练说，"你已经跟大家一起训练了四个礼拜了。我想了解一下，一切还适应吗？我是说，你们俩。我经常会这么问，毕竟万事开头难嘛！"

杰克松了口气。所以说，这是正常现象，只是想聊聊，确保万事大吉。他发觉，爸爸的手搭在了他的

背上。

"杰克？"库珀教练说，"你有没有什么想汇报的，小烦恼啊什么的？"

"没有。"杰克说，"都挺好的。"

"你确定吗？在这儿我们可以畅所欲言，不管说了什么都不会传出去的。这是私下里的谈话。对我而言，你在球场之外的动态跟在球场上一样重要。"

"没事，挺好的。"

"那好吧。"库珀教练说，"奥德菲尔德先生呢？你开心吗？有没有什么想说的？"

爸爸看着杰克，扬了扬眉毛。

杰克知道，爸爸会守口如瓶的，或者会怂恿自己说点什么。说不说，完全取决于杰克自己。

长长的一段沉默之后，杰克意识到，库珀教练在等自己开口。他盯着那一网兜足球看，心里巴望着可以去外面的球场上踢球，跟爸爸一起，单纯地踢球，不掺杂任何复杂的事情。

于是，竹筒倒豆子。

"我担心你会让我退队，让那个……叫亚伦的男生

回来。我怕你觉得自己看走眼了，怕你想让他回来，怕他更适合球队。还有，选拔赛的时候，你感觉我表现得很好，其实并不好。其他所有的球员也都想要争取到名额，而我并不是……"

库珀教练"扑哧"一声笑了出来。"对不起。"他立即说，"我不是故意笑你。"

他站起来，深吸了一口气说："杰克，不可能发生那样的事儿。你签了一年的合同，这一年里俱乐部会对你信守约定。而且，我也发自内心地希望，一年之约期满

之后还可以续签很多年。你当时签那份合同时，我也签了。我的职责就是挖掘你的才能，并且，你的才能无可限量。我们想给你提供最好的机会，让你成为职业足球运动员。这并不是轻而易举的，但却正是我们把你们带到这儿来的原因——因为我们认为你能够做到。"

杰克笑了，他看向爸爸。"我知道。"他对库珀教练说，"抱歉，这个其实我早就知道。"

"杰克，你有这样的想法，我很理解，这很正常。来到这儿，开启你的足球生涯，并不是件小事儿。如果你再有这样的困惑，就来找我，我们好好把话说清楚。"

库珀教练坐了下来，靠在椅子背上。

"我不知道你对亚伦的事儿怎么有了那样的想法。"他说着扬了扬眉毛，"别的事儿都还好吧？你跟其他人相处得好吗？"

杰克想坦诚一些，尽可能地坦诚。

"有时候也挺难的。"他说，"比方说，找准自己的位置。我跟尤尼斯和小奇关系挺好，还有威尔。不过有那么一两个人比别人要难相处些。"

库珀教练点了点头。

杰克不想再多说了。他不想指名道姓地说谁。

"我理解，杰克。"库珀教练说，"如果再遇到什么麻烦，你就直接来找我。对了，并不仅仅是因为你今天跟我说的话，更是因为我们俱乐部里绝不容忍欺凌行为。出了这种事，我绝不姑息，我得确保所有的孩子都知道这一点。明白吗？"

"明白。"杰克说。

库珀教练站起身。

"杰克，一个月以后，你会成为球队的重要成员。我想让你长久地在这儿踢球，而不是只踢这两场。"

杰克露出了笑容，他感觉好了很多。

攻防赛

杰克正坐在更衣室里跟尤尼斯玩笑，这时莱恩过来了，杰克突然感到浑身一阵冰凉。

莱恩正咧嘴大笑着。

"我今天在学校见到亚伦了。"莱恩说，"他说曼联正在跟他联系呢。"

杰克沉默了一会儿，然后打定主意不能让这件事没完没了，他要控制局面。

"并没有。"杰克镇静地说这句话时，直视着莱恩的脸。

"你怎么就这么确定？"莱恩幸灾乐祸地笑着说。

"我就是知道。"杰克一直盯着莱恩，直到他转移视线不再看杰克。

"咱们走着瞧！"莱恩说着，转头朝更衣室门口

走去。

"如果你不能接受我在这个球队里，"杰克在他身后说，"你最好自己离开这里另觅他所，莱恩，因为我在这儿待定了。"

莱恩没有回头看他，继续往前走去。

杰克觉得心脏都快跳出来了，他不敢相信自己刚才竟然说了那些话，而且是对莱恩说的！他以前可从来没对欺负他的人回过嘴呀！

少年队的球员们又来到了球场上，这是打礼拜天那场硬仗之前的最后一次训练课。那场硬仗是客场对战曼城。曼城，也就是杰克钟爱的那支球队。

"好了，小伙子们！"库珀教练说，"我们今天下午不训练，直接踢攻防。现在我要把你们分成两队。"

库珀教练指了指其中一组，那是莱恩和队伍里的其他防守球员。

"你们去防守。"库珀教练说，"莱恩，你来组织。"

随后，库珀教练指了指杰克、尤尼斯和他们后面那一组说，"你们来进攻。杰克，你来组织。跟曼城踢之

前，我们先练练。我知道你们全都渴望击败对手。"

球员们去球场一端布阵时，杰克暗自笑了。他有点迫不及待了，客场对战曼城，这是他向所有人证明自己心在曼联的机会。他看向莱恩，但并没有跟他对上眼神。

库珀教练把球发给了杰克。

"杰克，你来负责。我希望每一次进攻都由你来发起，充分利用球场的宽度，招数要多变。"

杰克控住球，抬头看了看。他面前是莱恩，对方仍

旧不拿正眼瞧他。

库珀教练吹响了哨子。

杰克带球前进时，立刻发觉莱恩正试图离开他中卫的位置，朝他接近。

莱恩看来是铁了心了。

"他想一下子就得逞。"杰克心想。

杰克继续向前，一个侧方位传球给了小奇，然后全速冲刺，过了莱恩。小奇一脚将球踢过莱恩，传到了杰克奔跑的路线上。这时，杰克在跑动中接到了传球，莱恩被甩开了。

不过，这里距离球门还有四十码[①]，他听到莱恩追上来了。距离球门三十码[②]的时候，莱恩追得更紧了，他速度很快，随时都可能抢断。

杰克速度也很快，他又带球跑了三大步，抬脚将皮球大力射出。

这是谁都没料到的——大部分防守队员去防威尔和尤尼斯了，他们都在等待传中，而且守门员托马斯已经

---

① 四十码：约为 36.56 米。译者注。

② 三十码：约为 27.42 米。译者注。

稍微离开了底线。

球飞了出去，如一颗出膛的子弹，穿过所有的防守球员，越过托马斯，"嗖"地一下飞进了球网。

第一个朝杰克跑来的是尤尼斯。

"刚才太帅了，杰克。"他说。

趁托马斯把球从球门里拿出来的空当，杰克朝球场边线看了一眼。莱恩的妈妈看起来很暴躁，不过顺着球场，他也看到爸爸正站在球场那头，兀自轻轻地点头微笑着。杰克想再一次看到爸爸的这副神情，一次一次地，想要一直都能看到。

摔了一跤

杰克第一个回到了更衣室——至少，他以为自己是第一个。可是他立刻就听到更衣室里面有声音，有人在大声吵嚷。

杰克停住脚步，在走廊里等了一会儿。不管里面发生了什么事，他都不想进去打扰。

"你让那个小孩儿耍得团团转！"叫嚷的声音继续说，"你怎么就靠近不了他呢？"

是个女人的声音！杰克立刻知道那是谁了。

"他速度很快。"莱恩说，他的声音很轻，跟他平时咋咋呼呼的做派截然相反。

"跟他比，你看着傻透了！我真替你感到羞愧！要是让小孩——还是新来的小孩儿——在你面前这么出风头，你就别想进一队了！我受够了，莱恩，受够了！我去车

里等着，你好好反思一下！你真是太叫我失望了！"

莱恩的妈妈满脸怒容，横冲直撞地朝杰克走来，杰克往后退了一步。

他听到其他男生正从步行桥上走来，球鞋一下一下踩着桥上的木板。

他走进更衣室。

莱恩正坐在他平时坐的位置，脑袋上耷拉着一块毛巾。莱恩听到杰克进门的声音，抬起头来，脸上满是坦诚而又急切的神情。

"他以为他妈妈又回来了。"杰克想。这时他才发觉，原来莱恩在哭，哭得眼睛都红肿了，脸颊上还挂着几滴泪珠。

他们盯着对方看了几秒钟。

其他队员的脚步声越来越大，还差几秒钟就到更衣室门口了。

莱恩看着杰克，像是在向他求助。

杰克退了几步来到走廊上，关上更衣室的门，然后他摔倒在地板上，捂住了脚踝。

差不多用了一分钟的时间，库珀教练才把杰克扶起来，给他检查了一下腿。

"伤到了吗？"库珀教练问。

杰克看到托马斯和尤尼斯站在库珀教练身后，脸上写满了担心。他们身后是球队里的其他孩子。

"我觉得没受伤。"杰克说，"就是摔了一跤而已。"

"地板没干。"库珀教练说，"你的脚能踩实吗？"

杰克小心翼翼地踩了踩，慢慢地松开库珀教练的胳膊。

"我觉得可以。"杰克说，"没什么事儿。"

"我扶你去长凳那儿。"库珀教练说。

他领着杰克进了更衣室，杰克扫视了一下，看莱恩是不是还在那儿。

可他只看到浴室里冒出的蒸气。杰克坐下时，莱恩从浴室隔间里走了出来，整个脸颊因为冲澡而变得红通通的，还挂着几滴水珠。

"怎么了？"莱恩问，他看向杰克时，满脸茫然的样子，"有人受伤了吗？"

莱恩第一个离开了更衣室，他一句话也没跟杰克

说，只是看了杰克一眼，脸上没有笑容，却不再横眉怒对了。

　　小奇、威尔和尤尼斯正在聊莱恩的事儿，他们是最后几个来换衣服的。

　　"真替他捏一把汗。"威尔说，"他妈妈真是个火药桶脾气呀！我是说……我以为我爸爸就够厉害的了，没想到她更暴。"

　　"不过，他也没必要冲咱们撒气，对吧？"小奇说，"杰克，你觉得呢？"

　　杰克耸了耸肩。

　　"很难控制。"威尔说，"我爸爸也对比赛很情绪化。还记得选拔赛的时候吧，杰克？那可真是羞死人了，就是他到更衣室里跟我说我入选的时候。"

　　"算是吧。"杰克说。

　　"要是我爸爸那么上心，我会开心死的。"尤尼斯搭话说。

　　杰克埋下了头，他很开心，他爸爸情绪很正常。他还记得，他们去跟库珀教练谈话的时候，爸爸什么都没

说，只是支持他，其余的全权交给他自己处理。

杰克套上球鞋站了起来。

"好啦，我走了。跟曼城的比赛场上见！"

曼城 VS 曼联

比赛当天，距离开球还有五分钟。曼城对战曼联。

杰克正在跟他认识的一个曼城球员说话，莱恩走到了他身后。扎克是曼城最好的球员之一，个头高高大大的，一头金发，是个很出色的前锋。杰克以前跟他一起踢过球，他们在一个村子里长大，都是曼城的球迷。

莱恩用胳膊环住杰克说："曼城球迷，今天你穿哪件球衣呀？"

"跟你一样，莱恩。"杰克说。

"但愿如此。"莱恩说。

"传球给我，我自会证明。"杰克主动要求道。

杰克注意到，扎克一脸疑惑，像是好奇发生了什么事。

"你带了你的曼城球衣吗？"莱恩问。

"得了吧，莱恩。"杰克回答说，"没有，我没带曼城球衣。而且，我是曼联的球员。你还想问什么？"

莱恩走开了，让杰克跟扎克继续说话。杰克在想，他看到了莱恩哭的样子，莱恩会不会变本加厉地欺负他呢？

杰克不得不承认，今天挺奇怪的。从踏上曼城地盘的那一刻起，他就感觉到了。这是他一直以来支持的球

队的大本营，他常常将这支球队的球衣放在包里，希望能带来好运。不过，正如他对莱恩所说的那样，今天他的确没有带那件球衣，而是把它放在了家里的床上。他之前也放下过一次，虽然他不太懂自己为什么这么做。

不过，这些都不重要，重要的是今天这个日子，他将身披曼联战袍做的事情。

从开球起，曼联就表现得很强势。比赛刚开始十分钟，他们就发起了猛攻，曼城几乎没有什么机会。莱恩的传球带动着左右两路，包括杰克那一侧。

杰克对开场以后自己的表现感到很欣慰。他踢得不错，眼下他又拿到了球。他要开始证明，自己是一名真正的曼联球员！

曼联的第一次破门领先机会是在十二分钟以后。杰克将球带至边路，接着传给了中圈位置的莱恩，莱恩将球传给了右路的本。

杰克跑入禁区（距离球门线 5.5 米），等待传球。可本把球传给了位于点球罚球点位置（距离球门线 11 米）的尤尼斯。尤尼斯控住球后，迅速起脚射门。皮球朝球

门飞去，直冲球门右下角。杰克看到球过来了，赶紧跳跃躲开，结果球击中了他的脚踝，被大力弹开了。

杰克阻挡了球的运动轨迹，也毁掉了他们队的这次进球。

尤尼斯冲杰克咧嘴笑了笑，觉得这有点搞笑。他跑过来说："别担心，杰克，这只是个意外。下次我再射门的时候不要这样就好了。"

这时，扎克从杰克身边跑过，揉了揉他的头发说："谢啦，哥们儿！"

杰克耸了耸肩，把他的手从头顶抖掉后，看了看库珀教练，教练正示意大家迅速回防。

他们跑动回防时，莱恩却朝杰克大喊了一句："拦得漂亮，杰克！我早就说了，你是曼城派来的！"

杰克听到边线上有家长在笑。

他很愤怒。可这次的失误不但没有让他怀疑自己的立场，反而让他更加坚定地想要为曼联赢得比赛，证明莱恩说错了！

曼联——团结、联合！

    曼联再次拿到了球，莱恩照常往前带球。曼城的防守再次节节退后。

    杰克在想，还有多久他才能有机会将功赎罪呀！他拼命地想要弥补自己的过失。

    五分钟后，他的机会来了。莱恩本想把球传给本，可转念之间他又改了主意。

    莱恩抬头看时，杰克恰好刚跑到莱恩身前的位置，而本却被两名防守球员盯得死死的。莱恩抬脚将球传给了杰克，杰克立刻加速朝曼城的防线冲去，丝毫没有给对方思考的时间。他打乱了前面第一名防守球员的步伐，在周围有人的情况下，将球回传给了冲上来接应的莱恩。

    杰克很开心自己把球传到了莱恩脚下。他们越是这

样配合，形势就越是乐观。

杰克朝禁区跑去。莱恩这时有四名队友可以配合传球——本在左路，尤尼斯和杰克在禁区边缘，威尔在与他相距不远的位置。令杰克意想不到的是，莱恩一脚挑传，将球传给了位于禁区里的自己。

今时已不同往日！

杰克又惊又喜，一跃而起，头球传给了正朝禁区跑的尤尼斯。

尤尼斯抬脚就射。

球应声入网！曼城的守门员束手无策。

1-0！

莱恩先是恭喜尤尼斯进了球，然后小跑着来到杰克身边，拍了拍他的后背。

"头球帅爆了，杰克！"

"你传球也不赖啊！"杰克说。

这时，杰克看到了莱恩灿烂的笑容。

从那之后，比赛进行得相当顺利。杰克踢得更加游刃有余，主要是他从莱恩那里接到了更多的传球。曼联齐心协力，每分每秒都以再破对手球门之势发动着进攻。

球场这头，守门员托马斯漂亮地化解了对方的两次射门，保住了曼联的领先优势。

杰克更加自信，这也让他乐于跟对方的防守球员较量。他利用自己的速度和技巧，一次又一次地过人、传

中、打入禁区。尤尼斯成功地将接到的两次传中送入球网，上演了帽子戏法。

这情景让杰克想起了选拔赛时他跟尤尼斯的配合——致命二人组！

离比赛结束只剩几分钟了，杰克再次将球带向边路。期间，他注意到，莱恩正由守转攻，朝前场跑动。杰克决定给莱恩制造一次破门机会。他将曼城的防守球员吸引到角旗这里，然后带球过人，跑进了罚球区。

　　莱恩此时位于罚球区的另一边，中间隔着乌压压的一堆人。于是，杰克假装要射门，引得对方所有防守球员朝球门跑去，想要阻止他破门。

　　但是，千钧一发之际，就在回防球员撤出这片区域时，杰克将球传给了莱恩。此时此刻，莱恩可以从容不迫地射门了。

　　曼城 VS 曼联：0-4！四次破门均由杰克促成！

　　在回家的路上，爸爸很平静。赛后他来接杰克时，只是给了他一个大大的拥抱，而这正是杰克需要的全部。

　　爸爸开车驶过市区时，杰克在回想他传中给尤尼斯，想到了莱恩拍了拍他的背，想到了比赛结束后库珀教练跟他握手。

　　库珀教练说了什么？

　　"不论你心里有多少顾虑，现在都可以搁在一边了。杰克，你的表现太棒了！即便尤尼斯三次破门得分，你在场上也绝对是我的最佳球员。"

　　杰克坐在后座微笑着，双眼微闭。

"杰克，你笑得再开心点，腮帮子都要咧开了。"爸爸说。

又过了一小会儿，杰克才说："谢谢爸爸。"

爸爸一脸不解，"为什么谢我？"

"谢谢你帮我。我都想过要放弃了。"

"过去的事儿就别再提了。"爸爸说，"我们得庆祝一下！去吃个比萨，看场电影怎么样？"

"没有比这更棒的了。"杰克说，"要不，先去球场踢两脚球？就今晚怎么样？等咱们回去的时候，就咱俩踢。"

"很好！"爸爸说。

"踢完再去吃比萨，看电影。"杰克边说边开心地笑着。

10月9日　周日

曼城 VS 曼联 0-4

得分球员：尤尼斯（3球）、莱恩

犯规球员：无

U12少年队教练给每位球员的评分（满分10分）：

托马斯	7
考纳	7
詹姆斯	8
莱恩	8
罗南	6
小奇	7
山姆	6
威尔	6
杰克	9
尤尼斯	9
本	6

致谢

"足球学院"系列的诞生要多谢海雀图书的萨拉·休斯、艾丽森·杜戈尔和海伦·莱文的想象力和辛勤努力，还有与拉克斯顿·哈里斯图书代理商大卫·拉克斯顿的合作。我要感谢以上四位给了我这次机会，谢谢你们！

我还要感谢温迪·谢，谢谢她在细节润色上孜孜不倦的工作，还要感谢海雀图书每一位工作人员的努力，包括里图·卡布拉、阿黛尔·民辛、路易·海斯凯特、萨拉·凯陶、汤姆·桑德森和版权团队。同时我也要感谢布莱恩·威廉姆森，谢谢他为图书绘制的精美封面和插画。

为了确保书中曼联的这所足球学院尽可能地还原英国足球俱乐部学院的真实情况，我得到了以下鼎力帮

助：伯恩利足球俱乐部允许我前往他们的戈索普府邸训练场，观看 U12 少年队的训练和比赛；文斯·奥沃森和杰夫·泰勒让我在伯恩利足球俱乐部待了很久。对此，我表示万分感激。同时，吉特·卡尔森和史蒂夫·库珀教练也给了我许多宝贵的建议。

英国足球协会的拉尔夫·纽布鲁克给了我大量的建议并且阅读了本书的定稿。在帮助我让这本书及整个图书系列更加贴近现实上，拉尔夫实在是厥功至伟。谢谢你，拉尔夫！

我还要感谢尼基·伍德曼在本书成书过程中的精彩评论和丹尼尔·泰勒颇有助益的阅读。

对我在利兹的创作团队的工作人员詹姆斯·纳什和索菲·汉娜不胜感谢！每天上午享用的咖啡帮了我大忙。

最后，最为感谢我的妻子丽贝卡和我的女儿艾丽斯，你们一直为我的作家梦提供着强大的后盾，并给了我时间、空间和信心去实现这一梦想。谢谢你们！